AF522793

Weise gehen in den Garten

Weise gehen in den Garten

Lebensweisheiten von Busch bis Ringelnatz

Steffen Verlag

Geduldiges Erwarten geziemt dem Erzieher
wie dem Gärtner.

Karoline Christiane Louise Rudolphi

Oft iſt's nur am Baum gelegen,
oft an des Gärtners schlechten Pflegen.

Johann Nepomuk Vogl

Das Weib erzieht ein Bäumchen um der Blüten willen,
der Mann hofft Früchte.

August von Kotzebue

Wie schön, zu pflanzen,
was ein lieber Sohn einſt erntet.

Friedrich Schiller

Jeder Mensch hat sein Herz,
wie jedes Kraut seine Blume,
er mag es geheim halten,
die Blume tut es nicht …

Adalbert Stifter

Blumen … Liebesgedanken der Natur.

Bettina von Arnim

An sich ist diese Blume hier nichts geringeres
als zehntausend Gestirne.

Christian Morgenstern

Die Blume – das Lächeln der Pflanze.

Peter Hille

Aus derselben Ackerkrume
wächst das Unkraut wie die Blume.

Friedrich von Bodenstedt

O, große Kräfte sind's, weiß man sie recht zu pflegen,
die Pflanzen, Kräuter, Stein' in ihrem Innern hegen.

William Shakespeare

Wie kahl und jämmerlich mancher Fleck
auf Erden aussehen würde,
wenn kein *Unkraut* darauf wüchse.

Wilhelm Raabe

Unkraut ist, wenn der Mensch noch nicht weiß,
was er mit einer Pflanze anfangen soll.

Ralph Waldo Emerson

Nicht alle Blumen duften uns,
vielleicht haben aber Schmetterlinge und Bienen
feinere Nasen als wir Menschen.

Berthold Auerbach

Festhalten kannst du den Frühling nicht,
aber ihn plündern.

Christian Friedrich Hebbel

O sanfter, süßer Hauch!
Schon weckest du wieder
mir Frühlingslieder;
bald blühen die Veilchen auch.

Ludwig Uhland

Alles freuet sich und hoffet,
wenn der Frühling sich erneut.

Friedrich Schiller

Der junge Weinstock gibt mehr Trauben,
der alte aber gibt besseren Wein.

Francis Bacon

Wer im Frühling nicht sät,
wird im Sommer nicht ernten,
im Herbst und Winter nicht genießen;
er trage sein Schicksal.

Johann Gottfried Herder

Es gibt keine so alten Edelleute als Gärtner,
Grabenmacher und Totengräber: sie pflanzen
Adams Profession fort.

William Shakespeare

Die Pracht der Gärten setzt stets
die Liebe zur Natur voraus.

Anne Louise Germaine de Staël-Holstein

In tausend Blumen steht die Liebesschrift geprägt:
Wie ist die Erde schön, wenn sie den Himmel trägt.

Friedrich Rückert

Die Blume lebt und liebt und
redet eine wunderbare Sprache.

Peter Rosegger

Sie sind voll Honig, die Blumen;
aber die Biene nur findet die Süßigkeit aus.

Johann Wolfgang von Goethe

Leben summt uns die Biene ins Ohr.

Johann Wolfgang von Goethe

Schön ist der Tropfen Tau am Halm, und nicht zu klein
der großen Sonne selbst ein Spiegelglas zu sein.

Friedrich Rückert

Jede Frucht schmeckt am besten
im Schatten des Baums, der sie getragen!
Karl Gutzkow

Im Wachstum des Lebens
hat jede Stufe ihre Vollendung,
die Blüte sowohl als die Frucht.
Rabindranath Tagore

Wer einen Baum pflanzt in die Wüste,
tut besser, als wer zwanzig Jahr
sich selbst kasteiend darin büßte.
Friedrich von Bodenstedt

Die Rosen blühen unbewusst
und so reifen die Früchte.
Ernst von Feuchtersleben

Ich schätze meinen Garten mehr ob seiner Amseln
als seiner Kirschen.

Joseph Addison

Vögel, die man im Garten hält,
koſten am wenigſten.

Heinrich Heine

Was schwirrt der Vogel in der Luft?
Was tanzt die Mück' im Blumenduft?
Es tanzt und lebt; es spricht und ruft:
Entsagt betörtem Leide!
Naturberuf iſt Freude.

Friedrich Ludewig Bouterweck

Ich wohne nun völlig im Garten,
eine vortreffliche Wohnung für ein ruhiges Gewissen.

Georg Christoph Lichtenberg

Der, dessen Vergangenheit frei ist von Schuld,
kann sich in ihr ergehen
wie in einem friedlichen Garten.

Peter Rosegger

S c h ö n ist eigentlich alles,
was man mit Liebe betrachtet.
Je mehr jemand die Welt liebt,
desto schöner wird er sie finden.

Christian Morgenstern

Die Welt wartet dein wie ein Garten.

Friedrich Nietzsche

Ein Garten, um darin zu spazieren
und die Unendlichkeit zum Träumen –
was mehr könnte er sich wünschen.
Einige Blumen zu seinen Füßen
und über ihm die Sterne.

Victor Hugo

Es zahlt sich das Meiste auf Erden;
wer seiner Bäume am fleißigsten wartet,
der erntet auch reichlich von ihnen.

Jeremias Gotthelf

Überflüss'ge Äste haun wir hinweg,
damit der Fruchtzweig lebe.

William Shakespeare

Wenn der Baum zu welken anfängt,
tragen nicht alle seine Blätter die Farbe des Morgenrots?

Friedrich Hölderlin

Honig wohnt in jeder Blume,
Freude an jedem Orte,
man muss nur, wie die Biene,
sie zu finden wissen.

Heinrich von Kleist

Blumen sind meine Freundinnen.

Novalis

Ich habe heute ein paar Blumen
für dich nicht gepflückt,
um dir ihr – Leben mitzubringen.

Christian Morgenstern

Was im Mai nicht blüht,
wird's im September nicht nachholen.

Christian Friedrich Hebbel

Wem Mutter Natur ein Gärtchen gibt und Rosen,
dem gibt sie auch Raupen und Blattläuse,
damit er's verlernt, sich über Kleinigkeiten zu entrüsten.

Wilhelm Busch

Hüte, hüte den Fuß und die Hände,
eh sie berühren das ärmste Ding!
Denn du zertrittst eine hässliche Raupe
und tötest den schönsten Schmetterling.

Theodor Storm

Schmetterlinge – die Poesie der Natur …

Ludwig Friedrich von Froriep

Warum denn warten von Tag zu Tag?
Es blüht im Garten, was blühen mag.

Klaus Groth

Die Natur ist doch das einzige Buch,
das auf allen Blättern großen Gehalt bietet.

Johann Wolfgang von Goethe

Werden, wachsen, blühen, welken, vergehen!
Das ist das ewige Gesetz der Natur und der Geschichte.

Johannes Scherr

Eine einzige Berührung der Natur
macht die ganze Welt
miteinander verwandt.

William Shakespeare

Die Liebe zum Garten ist ein Samen, der,
einmal gesät, nie wieder stirbt, sondern weiter
und weiter wächst – eine bleibende und
immer voller strömende Quelle der Freude.

Gertrude Jekyll

Wahrlich, der Garten ist der reinste Quell
menschlicher Freuden;
aus ihm schöpfen die Lebensgeister.

Francis Bacon

Bringet mich wieder nach Hause!
Was hat ein Gärtner zu reisen?
Ehre bringt's ihm und Glück,
wenn er sein Gärtchen versorgt.

Johann Wolfgang von Goethe

Wer ernten will,
muss erst den Samen streun.

William Shakespeare

Säen ist nicht so beschwerlich als ernten.

Johann Wolfgang von Goethe

Wo du Boden findest,
da streu' auf den Boden was Gutes!

Johann Caspar Lavater

Glückliche Ernte will zeitige Saat.

Erich Mühsam

Es sät der Mensch, doch ob den Saaten wacht
still eine dunkle, rätselvolle Macht.

Anastasius Grün

Am Abend duftet alles, was man gepflanzt hat,
am lieblichsten.

Johann Anton Leisewitz

Düfte sind die Gefühle der Blumen.

Heinrich Heine

In Freiheit mit Blumen, Büchern und dem Mond –
wer könnte da nicht glücklich sein?

Oscar Wilde

Es blitzt ein Tropfen Morgentau
im Strahl des Sonnenlichts;
ein Tag kann eine Perle sein
und ein Jahrhundert nichts.

Gottfried Keller

Jeder Baum, jede Hecke ist ein Strauß von Blüten,
und man möchte zum Maikäfer werden …

Johann Wolfgang von Goethe

Ein Baum, dessen Zweige von unten bis oben,
die ältesten wie die jüngsten, gen Himmel streben,
der seine dreihundert Jahre dauert,
ist wohl der Verehrung wert.

Johann Wolfgang von Goethe

Wüsst ich genau, wie dies Blatt
aus seinem Zweige herauskam,
schwieg ich auf ewige Zeit still:
denn ich wüsste genug.

Hugo von Hofmannsthal

Langsam wachsende Bäume
tragen die köstlichsten Früchte.

Molière

Wozu verhilft der gute Gärtner der Rose?!?
Zum Rose-Werden!

Peter Altenberg

Als Gebilde bloßen Fleißes
wuchs nie eine Ros' im Garten!

Friedrich von Bodenstedt

In der Rosenknospe ist alles vorbereitet,
aber Duft und Farbe entstehen erst im Licht.

Berthold Auerbach

Es wird niemals Rosen regnen;
wenn wir mehr Rosen haben wollen,
müssen wir mehr pflanzen.

George Eliot

Kinder weinen. Narren warten.
Dumme wissen. Kleine meinen.
Weise gehen in den Garten.

Joachim Ringelnatz

Der Geist ist ein Garten.

Victor Hugo

Ein Gärtchen, Feigen, kleine Käse
und dazu drei oder vier gute Freunde, –
das war die Üppigkeit Epikurs.

Friedrich Nietzsche

Natur ist Wahrheit.

Marie von Ebner-Eschenbach

Jeder kommende Frühling widerlegt
meine ängstliche Besorgnis … eines ewigen Schlafs.
Friedrich Schiller

Lass jedes Glück verblühn, wenn dir nur eines bleibt,
die Hoffnung, die am Zweig stets neue Knospen treibt.
Friedrich Rückert

Die Natur … mit gleich geduldiger Meisterhand,
das Letzte wie das Erste vollendet.
Arthur Schopenhauer

Es ist kein Baum,
der zuvor nicht wäre
ein Sträuchlein gewesen.
Martin Luther

Möge jeder still beglückt
seiner Freuden warten!
Wenn die Rose selbst sich schmückt,
schmückt sie auch den Garten.

Friedrich Rückert

Die Veilchen will ich zum Strauße gereiht,
aber die Rose allein.

Christian Friedrich Hebbel

Keine Rose ohne Dornen. –
Aber manche Dornen ohne Rosen.

Arthur Schopenhauer

Rose, wie lobst Du das Licht!

Johann Wolfgang von Goethe

Suchst du das Höchste, das Größte?
Die Pflanze kann es dich lehren:
Was sie willenlos ist, sei du es wollend – das ist's!

Friedrich Schiller

Die Zeit ist eine blühende Flur,
ein großes Lebendiges ist die Natur,
und alles ist Frucht, und alles ist Samen.

Friedrich Schiller

Die meisten Menschen haben,
gleich den Pflanzen, verborgene Eigenschaften,
die nur durch Zufall entdeckt werden.

Francois de La Rochefoucauld

Keine Pflanze geht dem Lichte aus dem Wege.

Friedrich Nietzsche

Über Rosen lässt sich dichten,
in die Äpfel muss man beißen.

Johann Wolfgang von Goethe

Unter den Menschen und Borsdorfer Äpfeln
sind nicht die glatten die besten, sondern
die rauhen …

Jean Paul

Es fallen mehr Äpfel unreif vom Baum
als reife eingeheimst werden.

Berthold Auerbach

Man pflanzt nicht gern einen Baum,
von dem man weiß, dass er nur Holzäpfel trägt.

Christian Friedrich Hebbel

Personenverzeichnis

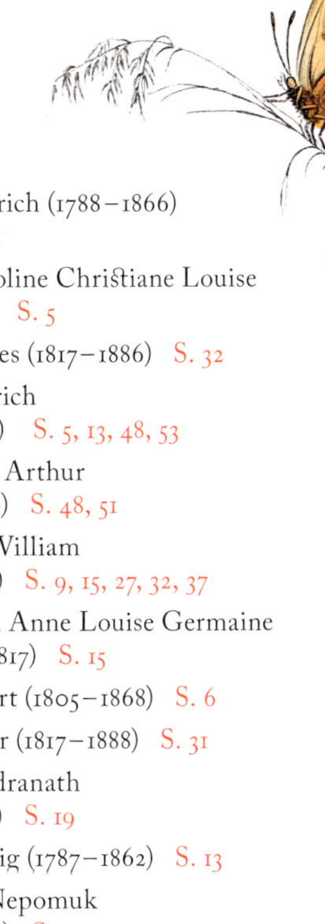

ISBN 978-3-941683-76-1

Marie von Ebner-Eschenbachs riesiger Aphorismenschatz zählt zu den Sternstunden der Literatur und Philosophie. Und bis heute bietet er generationsübergreifendes Lesevergnügen von unschätzbarem Wert. Die bildnerischen Preziosen von Jutta Mirtschin bieten zum Werk der Autorin szenenreiche Pendants für reizvolle Lesarten. Entstanden ist ein kleiner Juwel für die Sinne.

ISBN 978-3-941683-73-0

Dieses bibliophile Geschenkbuch bietet einen Zitatenschatz von Jane Austen über Paula Modersohn-Becker bis Virginia Woolf. Gestaltet wurde der Band durch den preisgekrönten Künstler Mehrdad Zaeri, dessen kunstvolle Bilder spannungsreiche Beziehungen zu den Textwerken schaffen.

Ein Kleinod zum Entdecken, Staunen und Schmunzeln.

Impressum

Die Deutsche Nationalbibliothek verzeichnet
diese Publikation in der Deutschen Nationalbibliografie –
detaillierte bibliografische Daten sind im Internet abrufbar
unter http://dnb.d-nb.de

3. Auflage 2022

info@steffen-verlag.de | www.steffen-verlag.de

Bildnachweis Privatsammlung Hugh Dean Emerson | London

Herstellung Steffen Media | Friedland – Berlin – Usedom
www.steffen-media.de

ISBN 978-3-941683-81-5